CATALOGUE

D'UNE COLLECTION

D'OBJETS DE CHOIX

DE LA CHINE & DU JAPON

Échantillons, Vases, Plats, Assiettes de premier ordre, Jades,
Cristaux de roche, etc.

25 PIÉCES, ANCIENNE ORFÉVRERIE DE L'ÉPOQUE LOUIS XIII

Meubles et quelques Tableaux

MÉDAILLES. VASES ÉTRUSQUES, HACHES GAULOISES

PROVENANT DES COLLECTIONS

De M. le docteur AUSSANT et de M. X***

DONT LA VENTE AUX ENCHÈRES PUBLIQUES AURA LIEU

HOTEL DES VENTES MOBILIÈRES

Rue Drouot, n° 5

SALLE N° 1

Les Lundi 9 et Mardi 10 Mai 1864

A 2 HEURES PRECISES

Par le ministère de M° **Ch. LAINNÉ**, Commissaire-Priseur,
rue Richer, 49,

Assisté de **M. FEBVRE**, Expert, rue Laffitte, 12,

Et de **MM. ROLLIN** et **FEUARDENT**, Experts, rue Vivienne, 12.

EXPOSITION PUBLIQUE

Le Dimanche 8 Mai 1864, de une heure à cinq heures.

PARIS — 1864

RENOU & MAULDE

IMPRIMEURS DE LA COMPAGNIE DES COMMISSAIRES-PRISEURS

Rue de Rivoli, n° 144.

CATALOGUE

D'UNE COLLECTION

D'OBJETS DE CHOIX

DE LA CHINE & DU JAPON

Échantillons, Vases, Plats, Assiettes de premier ordre, Jades,
Cristaux de roche, etc.

25 PIÉCES, ANCIENNE ORFÉVRERIE DE L'ÉPOQUE LOUIS XIII

Meubles et quelques Tableaux

MÉDAILLES, VASES ÉTRUSQUES, HACHES GAULOISES

PROVENANT DES COLLECTIONS

De M. le docteur AUSSANT et de M. X***

DONT LA VENTE AUX ENCHÈRES PUBLIQUES AURA LIEU

HOTEL DES VENTES MOBILIÈRES

Rue Drouot, n° 5

SALLE N° 1

Les Lundi 9 et Mardi 10 Mai 1864

A 2 HEURES PRÉCISES

Par le ministère de M° **Ch. LAINNÉ**, Commissaire-Priseur,
rue Richer, 49,

Assisté de **M. FEBVRE**, Expert, rue Laffitte, 12,

Et de **MM. ROLLIN** et **FEUARDENT**, Experts, rue Vivienne, 12.

EXPOSITION PUBLIQUE

Le Dimanche 8 Mai 1864, de une heure à cinq heures.

PARIS — 1864

ORDRE DES VACATIONS

LUNDI 9 MAI. — *Objets de Chine et du Japon, Orfévrerie, Meubles, Tableaux.*

MARDI 10 MAI. — *Médailles, Objets gaulois et étrusques.*

CONDITIONS DE LA VENTE

Elle sera faite au comptant.

Les acquéreurs paieront en sus des enchères, cinq pour cent applicables aux frais.

DÉSIGNATION

ANCIENNE ORFÉVRERIE

1 — Une cafetière en argent repoussé et ciselé. Style Louis XVI. Très-belle pièce.

2 — Une paire de chandeliers en argent repoussé et gravé. Style Louis XVI.

3 — Un plateau en vermeil représentant une feuille de vigne. Le pied est formé de pampres et de raisins.

4 — Un plat en vermeil repoussé, à bordures dentelées. Le décor représente un sujet de chasse.

5 — Un magnifique vidercome en vermeil, avec le portrait et le nom d'Henri de Guise. Travail repoussé et ciselé, avec hauts-reliefs au bouton, au pied, au couvercle.

6 — Un vidercome affectant, au calice, la forme d'une pomme de pin; vermeil avec ornements émaillés. Joli travail.

7 — Un vidercome italien en vermeil repoussé et gravé, du plus beau travail. Belle pièce d'amateur.

8 — Un gobelet en vermeil repoussé et gravé, avec couvercle surmonté de l'aigle double de la maison d'Autriche.

9 — Un magnifique sucrier en vermeil repoussé et gravé, à trois médaillons, représentant des empereurs romains. Pièce de premier choix.

10 — Un sucrier en vermeil ciselé et repoussé, dessins à fleurs à grands ramages. Style Louis XIV.

11 — Un grand vidercome et vermeil repoussé, ciselé en gravé. Travail très-remarquable. Pièce rare.

12 — Un vidercome en vermeil repoussé, gravé et ciselé. Figures d'anges à grands rinceaux.

13 — Un vidercome de grandeur moyenne ciselé, repoussé et gravé. Très-beau travail.

14 — Un calice petit modèle, en vermeil repoussé.

15 — Une coupe plate, de forme ovale, en vermeil repoussé et gravé.

16 — Une chope en vermeil repoussé et gravé. Epoque Louis XIV.

17 — Une chope en vermeil, avec médailles d'argent encastrées.

18 — Une sonnette en argent ciselé. Très-joli modèle, à longue main.

19 — Une sonnette en vermeil, forme très-élégante.

20 — Un couvert de chasse et son étui en argent ciselé, repoussé et gravé. Époque Louis XIV.

21 — Une croix en cristal de roche, monture en vermeil.

22 — Une croix en améthyste, monture en vermeil.

PORCELAINE DE CHINE ANCIENNE

23 — Deux compotiers de la famille Verte, représentant des femmes chinoises avec enfants. Personnages à grand décor.

24 — Un grand plat de la famille Verte, à bordure de fleurs ; au centre, un panier contenant des chrysanthèmes, des pivoines, de bégonia.

25 — Cinq plats de la famille Rose.

Le Marly est orné de guirlandes de pivoines et de chrysanthèmes ; au centre, la déesse Kouan-Inn sous un pêcher en fleurs ; à sa droite le Ki-lin, à sa gauche le petit Dieu de la longévité. Beau style. Bonne époque. Collection du musée de Dresde, n° 183.

Seront vendus en deux lots.

26 — Un très-beau plat de la famille Verte, représentant des emblèmes de longévité : le Ki-lin, la grue, le sapin et le Lin-chy.

N° 179 du musée de Dresde.

27 — Un très-beau plat octogone à grands dessins. N° 32 de la collection de Férol. N° 8 de la collection de Dresde.

28 — Quatre compotiers à bouquets de pivoines et de chrysanthèmes. N° 176 de la collection de Dresde.

29 — Six belles assiettes à armoiries. N° 210 de la collection de Férol.

30 — Six très-belles assiettes de la famille Rose, représentant la scène de l'Escalade, tirée du drame chinois le *Pavillon occidental*, connue dans le commerce sous le nom de l'*Assiette aux deux bottes*.

Pièce figurée dans l'histoire de la porcelaine.

31 — Six assiettes bleues grand feu, à Marly, ornées d'arabesques ; au centre, une dame japonaise avec sa suivante tenant un parasol.

32 — Quatre compotiers rares et précieux, échantillons de familles diverses.

33 — Une Magnifique assiette à revers roses, à cinq bordures coquille d'œuf ; décor central à personnages.

34 — Autre très-belle assiette coquille d'œuf à revers roses, à personnages de grand modèle.

35 — Très-belle et très-rare assiette coquille d'œuf, famille Rose, avec décor représentant le caractère de la longévité : fleurs, papillons et guirlandes.

36 — Quatre briques creuses, porcelaine de très-ancienne qualité et de la famille Verte, représentant des jeux d'enfants.

Ces quatre briques peuvent, une fois montées, former une très-belle jardinière.

37 — Un très-beau bol turquoise très-ancien, pâte bise, garni d'un pied élégant.

38 — Un très-beau bol lobé et dentelé ; décor de la famille Verte.

39 — Magnifique théière à cloisons réticulées, décor bleu grand feu.

40 — Deux verres couverts, décor bleu, grand feu.

41 — Deux verres de plan circulaire, décor bleu, grand feu.

42 — Deux verres octogones, forme gobelet, décor bleu, grand feu, très-fine qualité.

43 — Un pitong découpé à jour, avec médaillon à décors de la famille Rose.

44 — Trois tasses gobelet octogones, vernis nankin, ornées d'émaux de la famille Verte, représentant des emblèmes mandariniques.

45 — Deux tasses et leurs soucoupes, fond rouge, relevé d'or et d'émaux, de la famille Verte.

46 — Deux fines tasses coquille d'œuf, émaux de la famile Verte.

47 — Quatre tasses très-fines, coquille d'œuf, ornées d'émaux, relevés d'or.

48 — Quatre tasses très-fines, coquille d'œuf à dessin d'or, représentant des coqs et des fleurs alternées.

49 — Deux tasses, coquille d'œuf, dessin d'animaux fantastiques, noir, rouge et or.

50 — Trois pièces blanc de Chine ancien, coupes libatoires et oîte à fard.

51 — Deux boîtes, biscuit émaillé de Chine ; ancienne et rare qualité.

52 — Deux petites bouteilles à dessins, bleu grand feu sur fond blanc ; très-belle qualité.

53 — Deux soucoupes et une théière montée en argent ; très-belle qualité.

54 — Un crachoir, porcelaine du Japon ; riche décor bleu, rouge et or.

55 — Un très-beau vase, forme balustre, décoré en bleu grand feu sur fond blanc. (Marque à la feuille.)

56 — Un grand carnet décoré en bleu grand feu sur fond blanc.

57 — Une paire de grands vases décorés en bleu grand feu sur fond blanc.

58 — Un très-grand carnet du plus grand modèle, décoré en bleu grand feu sur fond blanc.

59 — Un très-joli brûle-parfums à anses latérales, à quatre pieds, décoré d'émaux de couleurs diverses.

60 — Deux paires de jardinières décorées de paysages en bleu grand feu sur fond blanc.
Seront vendues en deux lots.

61 — Une paire de petits vases en porcelaine du Japon, montés en bronze.

62 — Très-joli petit vase en forme de lagène, décoré en bleu sur fond blanc, avec emblèmes mandariniques.
Sous le pied, la date de 1465 à 1487.

63 — Un très-beau bol en porcelaine de Saxe primitive, qu'on peut regarder comme l'un des premiers produits du fameux Bottger.

64 — Une belle cuiller en Sèvres, pâte tendre, blanc uni.

65 — Une assiette, une tasse et sa soucoupe en porcelaine de Chantilly, pâte tendre, décorée en bleu, aux armes des princes de Condé.

66 — Quatre paires de jardinières en porcelaine de Chine, décor en bleu sur fond blanc.
Seront vendues en quatre lots.

JADES, CRISTAUX DE ROCHE

BRONZES, MEUBLES

67 — Deux coupes en verre gravé, ancien Bohême.

68 — Un étui en vernis Martin, à dessins de fleurs et d'oiseaux sur fond aventuriné.

69 — Un verre gravé, gravure ancienne et très-fine avec l'inscription : « *Vivat facultas medica herfordensis* »

70 — Une boîte ou drageoir en ivoire sculpté, époque Louis XVI.

71 — Un étui en forme de poisson, en porcelaine de Saxe, monture en argent.

72 — Une petite montre, fin du règne de Louis XVI, ornée de perles, à cuvette d'émail rubis, dessins gravés.

73 — Un cachet en Rhodonite, qualité et volume rares.

74 — Un petit flacon à anses évidées, en cristal de roche, travail chinois, pied en bois de fer.

75 — Deux cachets gravés en cristal de roche, travail chinois. Le sceau est composé de caractères chinois.

76 — Une très-jolie boîte de forme circulaire, en bois
sculpté, travail très-fin.

77 — Une corne ou chausse-pied de grande dimension,
finement gravée dans toute sa hauteur. La gravure
représente : l'enfance, l'âge mûr, la vieillesse. Cette
dernière porte une devise : « *Pense à moy*,» et à la
fin : « *Que ic te présente.* »

78 — Un diptyque et un triptyque en cuivre, gravés et
émaillés : travail russe, vieille date.

79 — Jolie petite coupe en faïence italienne décorée : exté-
rieurement, de l'Annonciation ; intérieurement,
de la figure de la Vierge : Notre-Dame-de-Lorette.

80 — Très-beau vase en jade blanc antique, gravé sur
toute sa hauteur d'arabesques, oiseaux symboli-
ques, etc.; sur le col, une guirlande de fruits en
haut-relief, évidés à jour dans la masse. Pied en
bois de fer.
Hauteur, 21 centimètres.

81 — Très-beau vase en jade blanc, gravé et sculpté d'arabesques, anses évidées à jour.

82 — Joli petit vase en jade vert, à deux anses tubulaires
vercales ; panse sculptée en relief et en creux.

83 — Jolie coupe en jade blanc, à anse évidée, fleurs sculp-
tées en relief.

84 — Une paire de petits flambeaux en bronze ; époque
Louis XV.

85 — Deux petits paravents chinois, chacun à trois feuillets
avec incrustations de personnages en porcelaine,
sur fond bleu lapis.

86 — Cinq tablettes fond bleu lapis, avec incrustations de porcelaine, représentant des dieux chinois.

87 — Une presse à linge en bois de chêne, palissandre et ébène, de moyen modéle ; époque Louis XIII.

88 — Un rouet complet et ancien.

89 — Trois cadres en bois sculpté; travail ancien.

90 — Six couvercles en bois sculpté à jour; travail chinois.

91 — Un bat de douze pieds, de formes et de modèles divers, en bois de fer sculpté; travail chinois.

ANTIQUITÉS ET MÉDAILLES

92 — 44 haches gauloises, fers de lances, etc , en bronze.

93 — 6 haches en pierre, id.

94 — 1 passoire en bronze.

95 — 2 vases en bronze.

96 — 2 lampes en bronze.

97 — 2 miroirs id.

98 — 16 bracelets et fibules en bronze et argent

99 — 1 fragment de peinture égyptienne.

100 — 1 main de momie id.

101 — Quantité d'ustensiles en bronze antique.

102 — 9 statuettes id. ·

103 — 30 statuettes égyptiennes, gallo-romaines, etc., en terre.

104 — 12 lampes et vases en terre.

105 — 8 vases et figures mexicains.

106 — 3 statuettes indiennes en bronze.

107 — 1 poignée et garde d'épée en ivoire.

108 — 1 pied de Narghileh en émail.

109 — 2 coffrets moyen âge en fer.

110 — Quantité de statuettes, Christ, etc., du moyen-âge.

111 — 2 grandes serrures, id.

112 — 8 plaques et médaillons, plomb et cuivre.

113 — Les douze Césars et leurs femmes, 25 médaillons ronds en étain.

114 — 16 planches gravées en cuivre et 2 en bois. — 18 pièces.

115 — 47 sceaux et cachets modernes, argent et cuivre.

116 — Une grande quantité d'objets divers du moyen âge, ustensiles, terres cuites, formant plusieurs lots.

117 — *Une collection très-nombreuse de monnaies et médailles qomaines du moyen-âge et modernes, or, argent et cuivre.*

118 — Jetons français et flamands, argent et cuivre.

119 — Quantité de livres et brochures sur la numismatique, dont les principales sont :

Mionnet. Médailles romaines.

Le Blanc. Traité des monnaies de France. Sans planches.

Pacy-d'Avant. Monnaies seigneuriales, 1 vol.

Catalogue de la collection d'Enneri avec les prix de vente. 1 vol. in-4.

De Saulcy. Monnaies autonomes d'Espagne. 1 vol.

Numismatique des ducs de Lorraine. 1 vol. avec planches.

Numismatique des ducs de Bourgogne. 1 vol.
avec planches.

Numismatique des croisades. 1 vol.

Duchalais. Médailles gauloises. 1 vol.

Vaillant. Numismata Imperatorum Romanorum.
2 vol. in-4.

Renou et Maulde, imprimeurs de la Compagnie des Commissaires-Priseurs,
rue de Rivoli, 144.   31902